¡Haré que los autos vuelen!
I´ll Make the Cars Fly!

Requests for permission to make copies of
any part of the work, should be mailed to:
Permissions,
Sweet Dreams Bilingual Publishers, Inc.
1713 NW 97th Terrace,
Coral Springs, Florida 33071 - USA
librosbp@earthlink.net
http://www.bilingualpublishers.com

BROVELLI, Tito Alberto
**¡Haré que los autos vuelen! / I'll Make the Cars Fly!**
Pictured Book / Juvenile Fiction
Cars Fiction, Spanish, Bilingual,
Hispanic, Multicultural

Based on an idea by:
Klaus Gross Galindo

Illustrations: Work made for hire
by Rafael SANCHEZ MUÑOZ

Literary Translation: Work made for hire
by Kirk ANDERSON

Consultant:
Martha E. Galindo

Multicultural Approach Revisions:
April Quisenberry-Alvarado
Edith García

Children Reviewers:
Samantha Gross Galindo
Max Gross Galindo

Summary: "I'll Make Cars Fly!" is the promise of
a child who believes he can make his dreams come true.
The car in his mind is real, as real as his
family, his dog, candy and games.

ISBN # 0-9673032-4-9

The illustrations in this book were done in
watercolors on 140 lb cold pressed paper

First Edition 2001

Printed and bound by
Times Offset (Malaysia) Sdn Bhd

# ¡Haré que los autos vuelen!
# I´ll Make the Cars Fly!

**Cuento bilingüe** ● *Bilingual Story*

Autor / *Author*
TITO ALBERTO BROVELLI

Ilustrador / *Illustrator*
RAFAEL SÁNCHEZ MUÑOZ

Traductor / *Translator*
KIRK ANDERSON

3

**"Haré que los autos vuelen"**, es la promesa de un niño para el futuro acerca de sus sueños. En este cuento, un auto volador lo transportará por encima de montañas y ciudades, sin usar gasolina pues tomará su energía del viento. Las comodidades dentro del auto no son pocas: ¡TV, teléfono, una máquina de golosinas, etc. para cada pasajero! Con ese auto, al que llama "Tornado", viajará muy lejos para visitar a sus abuelos y lugares fantásticos donde él querrá jugar y divertirse.

●

*"I'll Make Cars Fly!" is a child's promise about his dreams for the future. In this book, a flying car will take him over mountains and cities, without gasoline, powered by the wind. The amenities inside the car go without saying: TV, telephone, candy machine, etc. for everyone on board. And with that car, named "Tornado," he will fly long distances to visit his grandparents or fantasy lands where he can play and have fun.*

SWEET DREAMS BILINGUAL
PUBLISHERS, Inc.

Florida - USA

¿Qué harás cuando seas grande? le pregunté a Klaus
cuando él tenía 7 años y dio una inesperada respuesta:
"¡Haré que los autos vuelen!"

*When I asked 7-year-old Klaus, "What do you want to
do when you grow up?" he gave the unexpected answer,
"I'll make cars fly"!*

—T. A. B.

Cuando yo sea grande, haré que los autos vuelen.
Fabricaré un auto volador para ir adonde yo quiera,
volando sobre ciudades y montañas...
¡más rápido que el viento!

*When I grow up, I'll make cars fly.*
*I'll make a flying car so I can go wherever I want,*
*flying over cities and mountains, faster than the wind!*

Mi auto volador no tendrá ruedas, pero sí hélices.
Cuatro hélices para subir y bajar,
ir de un lado a otro, sin miedo.
¡Volará alto, muy alto en el cielo!

*My flying car will not have wheels, but propellers instead.*
*Four propellers to go up and down,*
*from place to place, without a fear in the world.*
*I'll fly high, very high, up in the sky!*

Mi auto volador será mejor que un avión;
en cualquier lugar podrá detenerse para comprar dulces,
pizza, helados y otras cosas ricas...
¡Va a ser un auto muy divertido!

*My flying car will be better than a plane.*
*It'll be able to stop anywhere for candy,*
*pizza, ice cream, and other goodies...*
*It's going to be a very fun car!*

Mi auto volador será rojo.
Azul es el color que a mí me gusta, pero quiero que sea rojo
porque ése es el color que a mi papá le gusta.
¿Cuál es el color favorito?

*My flying car will be red.*
*Blue is my favorite color, but I want it to be red,*
*'cause it's my dad's favorite color.*
*What's your favorite color?*

Mi auto volador tendrá muchas ventanas y asientos,
la familia completa podrá ir adentro.
Habrá un televisor y un teléfono para cada quien
y una máquina repleta de dulces.

*My flying car will have lots of windows and seats;*
*the whole family can ride inside.*
*There'll be a TV and telephone for each person,*
*and a machine full of candy.*

Mi auto podrá volar el día entero sin usar gasolina
pues tomará fuerza del viento.
Por eso lo llamaré Tornado y con él
viajaré muy lejos.

*My flying car can fly all day without gas.*
*It will take its power from the wind.*
*That's why I'll call it Tornado*
*and it will take me very far.*

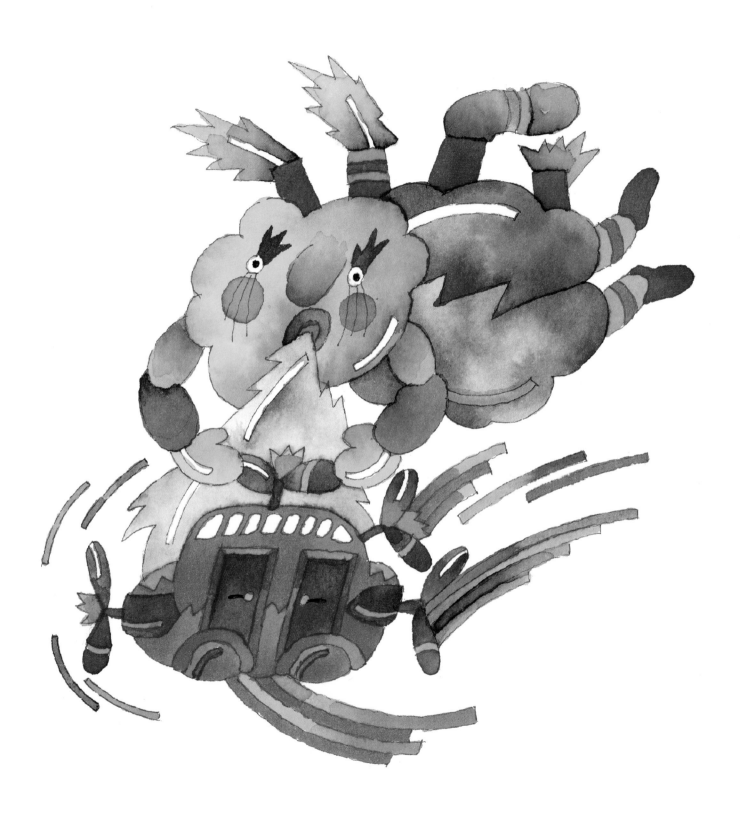

Mi auto volador va a volar sin ruidos,
más alto que las nubes, más rápido que un tren.
¡Zum-zum...! zumbará por el cielo.
¿Te animas a volar conmigo?

*My flying car will fly in silence,*
*higher than the clouds, faster than a train.*
*Zoom-zoom! It'll zip through the sky.*
*Would you like to fly with me?*

Así, volando... volando... llegaré hasta la
casa de los abuelos, para comer muchas cosas ricas,
y divertirme jugando con Rex, mi perro.

*Flying, flying, I'll go to grandma and grandpa's house
to eat lots of tasty things
and play with my dog, Rex.*

Tambien iré a la montaña a jugar con la nieve,
para hacer muñecos con nariz de zanahoria
y lanzarme en trineo.
¿Te gustaría patinar sobre el hielo?

*I'll also go to the mountains to play in the snow*
*and make snowmen with carrot noses*
*and go sledding down hillsides.*
*Would you like to go skating?*

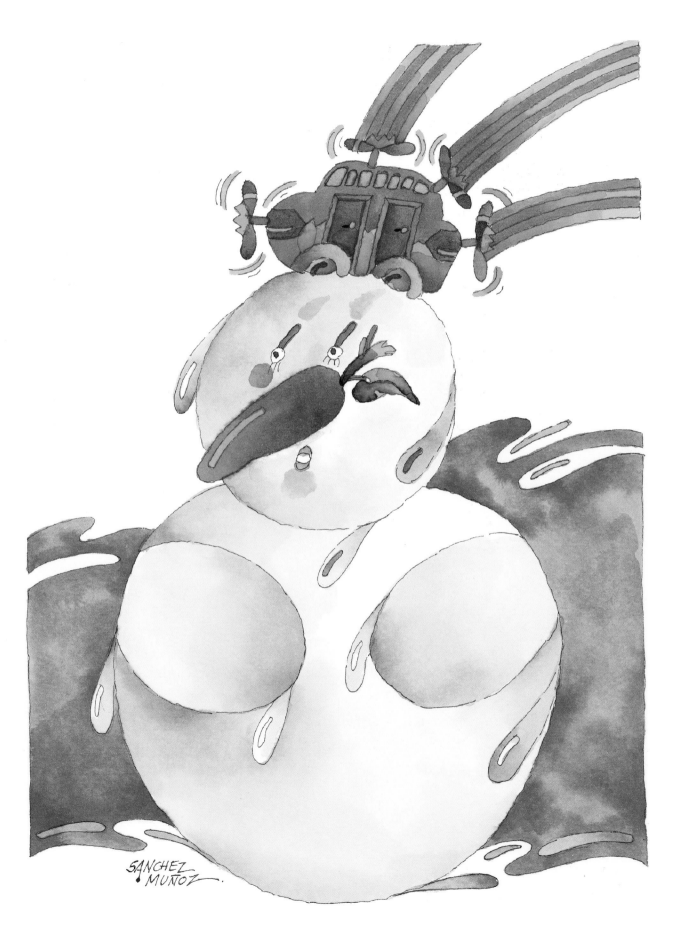

Tocando un botón, mi auto volador se hará pequeño
y con él entraré a muchos lugares secretos...
Y al ser tan, tan pequeño, le hablaré a mamá al oído
para pedirle que me alquile un juego
en la tienda de videos.

*With the press of a button, my flying car will shrink in size,*
*and take me to lots of secret places...*
*Being so, so small I'll whisper in my mom's ear*
*and ask her to rent me a videogame.*

Quiero descubrir muchas cosas con mi auto volador.
¿Dónde comienza y dónde termina el arco iris?
¿adónde va el viento? y cómo es que aquí es verano y allá invierno.
¿Que te gustaría descubrir a ti?

*I'd like to discover lots of things with my flying car.*
*Where does the rainbow start and end? Where does the wind go? And*
*how can it be summer in one place and winter in another?*
*What do you want to discover?*

Ahora me voy a dormir porque tengo mucho sueño;
mañana pensaré cómo fabricar un auto tan especial.
Un día tendré mi auto volador para volar alto...
¡muy alto en el cielo!

*Now I'm going to sleep, because I'm very tired.*
*Tomorrow I'll figure out how to build this flying car*
*that I saw in a dream. We'll make it come true so we*
*can fly high, very high, up in the sky!*

## El autor

TITO ALBERTO BROVELLI, es un escritor de ficción que se ha dedicado a trabajar para alimentar los corazones y las mentes de los niños. Después de desempeñarse durante la mayor parte de su vida como periodista y redactor creativo, descubrió el placer de captar la atención de los pequeños y jugar con sus fantasías. Más aún, por su contenido aleccionador, los cuentos de Tito sirven para promover el diálogo entre los pequeños y sus papás, maestros y otros adultos en sus vidas. Tito nació en Argentina y en 1996 se radicó con su familia en Filadelfia. Actualmente vive en Coral Springs, Florida.

## *The Autor*

*TITO ALBERTO BROVELLI, is a fiction writer aiming to dedicate his work to feed the hearts and minds of children. After working for a long time as a journalist and creative writer, he discovered the pleasure of captivating the attention of kids by playing with their fantasies. Tito´s books are a vehicle for promoting dialog between parents and children and other adults in their lives. Tito was born in Argentina and moved to Philadelphia, in 1996. Now he lives in Coral Springs, Florida.*

## El ilustrador

RAFAEL SÁNCHEZ MUÑOZ, es un alegre e inquieto artista plástico, quien en los últimos 20 años se ha destacado en España como ilustrador de libros para niños. Actualmente, con su esposa Conchita vive en Pedraza, España, una pequeña ciudad medieval con muralla y torre de castillo, como las de los cuentos. Allí Rafael tiene su sala de exposición y venta de los paisajes que él mismo pinta -su otra pasión- donde la acuarela le permite expresar en magistrales planos de color y sombras, su extraordinaria percepción de esos magníficos campos de Castilla.

## *The Illustrator*

*RAFAEL SÁNCHEZ MUÑOZ, is a happy and restless artist who, in the last 20 years has excelled as an illustrator of children's books in Spain. He currently lives with his wife Conchita in Pedraza, Spain, a small medieval city with a wall and a tower castle like in the storybooks. There Rafael has his gallery of landscape paintings, his other passion, where watercolors allow him to express, in masterful strokes of color and shadow, his perception of the magnificent Castilian countryside.*

## El traductor

KIRK ANDERSON
Siempre me ha encantado la aventura y siempre he pecado un poco de desobediente. Para mí, aprender idiomas ha sido la gran aventura de mi vida y me ha llevado a una profesión que amo, la traducción. Tras aprender unos cuantos idiomas y embarcarme en todavía más aventuras, he tenido la suerte de traducir literatura de más de 50 escritores originarios de más de 20 países diferentes. Siempre estoy listo para la próxima aventura.

## *The Translator*

*KIRK ANDERSON
I've always loved adventure, and I've never been much for doing was I was told. For me, learning languages has been the greatest adventure of my life and it has led me to a profession I love as a translator. After learning a few languages, and going on more than a few adventures, I've been lucky enough to translate literature by more than 50 writers from over 20 different countries. I'm always ready for the next adventure.*

# Other Bilingual Titles / *Otros títulos bilingües*

**From: Sweet Dreams Bilingual Publishers, Inc.**

## Kiko, the Disobedient Dragon ● *Kiko, el dragón desobediente*

Resumen: Este cuento es acerca de la obediencia, el aprendizaje y el respeto por los mayores.
*Summary: This Story is about obedience, diligent learning and respect for elders.*
ISBN # 0-9673032-2-2 / Ages, 5-8
Hard Cover - First edition, 1999 - 24 pages, fully illustrated - USA $ 14.95, Canada $ 22.95

## Mary, the Shy Oyster ● *Mary, la ostra tímida*

Resumen: Mary, la ostra, descubre su propia belleza interior y la importancia de tenerla.
*Summary: Mary the Oyster discovers her own inner beauty and its importance.*
ISBN # 0-9673032-1-4 / Ages, 5-8
Hard Cover - First edition, 1999 - 24 pages, fully illustrated - USA $ 14.95, Canada $ 22.95

## Water Belly, the Little Cloud ● *La nubecita Panza de Agua*

Resumen: Altruismo, voluntarismo y responsabilidad social en una bien intencionada nubecita.
*Summary:* Altruism, volunteerism and social responsibility in a well-meaning little cloud.
ISBN # 0-9673032-0-6 / Ages, 3-8
Hard Cover - First edition, 1999 - 24 pages, fully illustrated - USA $ 14.95, Canada $ 23.95

## Ely, the Upset Giraffe ● *Ely, la jirafa inconforme*

Resumen: Cuando acepta su aspecto físico Ely, la jirafa, encuentra el valor real de la amistad.
*Summary: Accepting her physical appearance, Ely the Giraffe finds the value of friendships.*
ISBN # 0-9673032-3-0 / Ages, 5-11
Soft Cover - First edition, 2001 - 32 pages, fully illustrated - USA $ 10.95, Canada $ 16.95

**Sweet Dreams Bilingual Publishers, Inc.** is a Publisher whose focus includes Children's Story Books with texts in English and Spanish on the same page.

Its goal is to serve a variety of diverse markets where Education and the Spanish Language play a key role in contributing to true multicultural enrichment in our everyday lives.

Parents and teachers will find in these books good allies to promote cognitive and social growth in children. They will find entertainment, learning and a reason to share.

For more about **SDBP, Inc.**, please visit:

http://www.bilingualpublishers.com

Contact, e-mail:

librosbp@earthlink.net